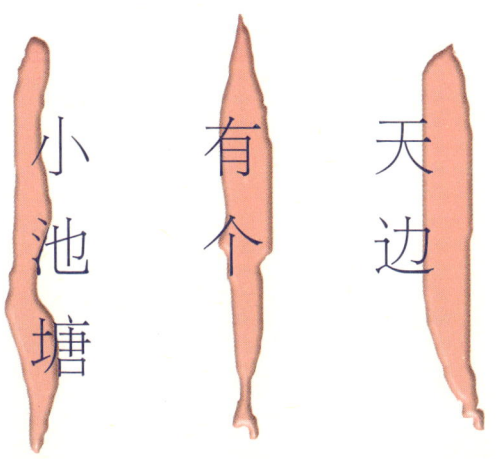

天边有个小池塘

梦之丹 著

长江出版传媒
长江文艺出版社

— 谨 以 此 诗 集 ， 献 给 我 的 父 母 亲 —

作者简介

——

梦之丹

原名戴之易，出生于庐陵金融世家，毕业于上海复旦大学管理学院。民盟上海市委金融委员会委员，商学支部副主委。中国诗歌协会会员。曾在央行、商业银行、投行工作多年，挂职上海奉贤区金融办副主任。热爱公益慈善，爱好艺术、旅行、摄影、收藏。于2013年出版第一本诗集《千姿湖》。

_ 五岁的梦之丹（摄于吉安）

＿ 一周岁的梦之丹（摄于吉安市）

__ 梦之丹的父母亲（摄于吉安）

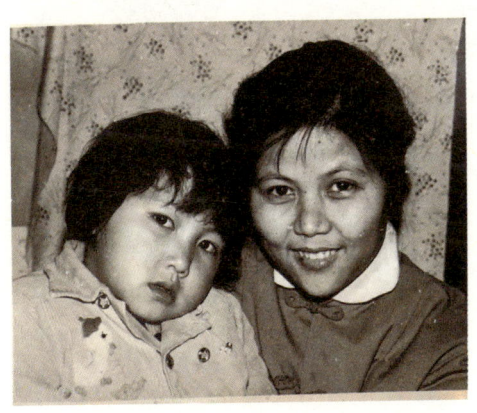

__ 儿时的梦之丹依偎在母亲的怀抱里

__ 受邀参加青海湖国际诗歌节（摄于西宁）

— 春游西溪（摄于杭州）

_ 留影十八弯（摄于新疆巴音布鲁克大草原）

— 登顶华山（摄于西安）

——

澄澈的心

——

吉狄马加

一本设计风格独特的诗集，经朋友送到我手中，请我为之作序。梦之丹，一个美妙却不熟悉的名字，一些灵动的文字和由这些文字和图片所组成的诗歌，携带着我熟悉的自然气息轻轻飘散出来。

说实话，由于公务繁忙，近年来我很少接受这样命题作文式的任务。但是，当我听到关于作者的介绍以及这部诗集诞生的经历之后，我被深深感染和触动，几乎找不到推辞的理由了。本诗集的作者是一位年轻的金融机构管理人员，她的诗歌创作并非积累多年，而是差不多缘起一种偶然：在青海高原的旅行，唤起了她歌唱的灵感；青海湖的千姿美丽，触及了她的诗歌情结；闻名世界的青海湖国际诗歌节，激发了她不能自已的创作冲动。这似乎就是她自己也无法解释的青海之缘，诗歌之缘。

梦之丹的创作，再次证明我长期以来对诗与诗人的界定：一个真正的诗人，不是被知识教导出来，不是被技巧训练出来，而是由某种神秘力量塑造出来的。诗人不是可以自主选择的社会职业，而是一种被选择的精神角色。诗人写诗，如同花朵在春风吹拂下不得不开，溪水在涌泉推动下不得不流。梦之丹就是在这样的处境中成为诗人的。这是我愿意为之作序的理由。

梦之丹因青海湖唤起一颗不安分的心灵而写诗，却没有在青海湖畔停留不走，于是她追随自由的话语，在对那些"与婴儿的摇篮、青涩的岁月、美好的青春紧密相连"的意象观照中成为诗人，她已经走在路上。这是我愿意为之作序的另一个理由。

阅读《天边有个小池塘》，发现那激荡诗人创作灵感的湖泊并非这部诗集唯一的主题。诗人已经将广阔高原山川融入情怀，将青海湖的千顷碧波抚平心底，它们像位智者，不是直白地说教，而是以神启的沉默引领诗人走向追逐圣洁、高贵、优雅和美丽爱情的道路。在与他人相同的环境和事物中，梦之丹以自身独有的目光、气质和语言，获得了个性化的诗意表达。

梦之丹的诗句简洁纯净，结构精巧，营造一种歌谣般的清新明快；闪烁的意象和跳跃的思维，又创造了丰富的语境变化。有时像是将一粒细沙展开，可以看到阳光穿行；有时仿佛把一片云凝缩成团，却不见一滴雨水落下。

是心跳支撑了肉身

却震惊了娇嫩的灵魂

幸好，还有你

还有你赐予的时光

我的眸子里堆积了太多期许

就这样

从清晨到黄昏

从春天到冬季

从一个远方到另一个远方

我的风景卷页翻飞

永不停息

我期许着

有一天

自由是一支长笛

我在它的声音里狂奔

——《诗歌》

高原给她翅膀，让她飞翔，飞越高原和湖泊，让她创造自己的世界。以致我们不能确定，是自然神奇的影像美化了诗人的语言，还是诗人的特殊感悟提升了自然的美丽？

风吹拂着，水流淌着，或轻柔，或猛烈，在梦里或者在现实中。诗人带着澄澈的目光、澄澈的情感、澄澈的心，去触碰草原和天空，触碰显得冷峻和粗粝的大漠与岩石，从而产生一种柔软的、细腻的回应。只有一颗充满爱的心灵，才能让一切都沐浴在喜悦的光芒之中。

甚至在面对高原和荒漠的《凝视》中，诗人的心境领悟竟也如此出人意料：

　　你说你在凝视我
　　曾经现在和未来
　　我低头不语
　　小心躲闪
　　让我做回孩子
　　让那清风
　　变成小鱼儿

生活在上海大都市的梦之丹，从事着与诗歌理念大相径庭的职业。她手中经营的是物质世界最敏感的金钱，心中拥有的却是一份精神世界最高贵的诗情。在水泥森林与生命森林之间，她找到了一条道路。

在路上的诗人，把自己的身体融入诗歌的梦想里；回到现实中的诗人，把自己的灵魂留在诗意的路上。我衷心期待，驾驭心灵风帆的梦之丹，一个爱美爱到极致的诗人，能够以诗为剑，劈波斩浪，以诗为笛，留下一路美妙的歌声。

目　录

第一辑　抒情篇

第二辑　古风篇

第三辑　人文篇

第一辑

抒　情　篇

飞雪的思念

这次
你选择
从我的梦乡里起航
不让我知晓
你遇到怎样的艰险和沧桑
你的每一片雪花
都成功降落在
我期待的远方
那是你梦的故乡
是你让我变成撒欢的孩子
是你让白鹭变成雪的精灵
是你重新擦亮
那一双双混沌的眼睛
是你再次惊醒
那一个个沉沦的心灵
我仿佛俯瞰到
你在白山之中跋涉的身影
前方的路还长吗
你又要去往哪里

默契

我们仿佛约定好了

无论春夏秋冬

你一尘不染洁净祥和

你从没让我失望

以至于

直到今天

我才发现

你不可或缺的可贵

你静谧深远的美好

孩子们

在春节的快乐里

尽情地嬉闹

你也是一团年轻的火呀

却在太湖的头顶上

不骄不躁

从不张扬惊人的爆发力

等待岁月打磨后

世界对你的深情

此刻

我只想注视你的目光

和你一起滚烫

天边有个小池塘

天边露出

池塘大小的余晖

四周被厚重的

烟青色的云朵包围

我有多久没看到过

这富有启迪的画面

我又有多久

不解苍穹的风情和智慧

那巴掌大小的通透

那恰到好处装点的金边

还有天堂独有的粉蓝

在波光粼粼之中

有一条人鱼公主

畅想着通向金黄口岸

上善的心

列车一路向北

星空裹上了

一层厚厚的棉衣

匆忙的步履

终于在车厢里都安静下来

除了列车的声音

还有那颗

为春天而跳动的心

守护

亲爱的

你把幸福当做指甲油

帮我一层一层涂上

岁月因你而油光发亮

长发及腰的你

青春活力非常

哪里有欢声笑语

哪里便是有你的地方

会结成果实

能闻到花香

路过的青草地

会拖着你的霓裳

飞跃的山川

也把你的倩影翘望

说好了只有我

才能

守护你的秘密

伴随你的成长

下雪了
今年第一场雪

真会挑时间
吸引所有人的眼球
如此隆重
如此庄严

好像是迎接外太空
既熟悉又陌生的冰雪王后
施着魔法
大雪纷飞
高贵从容地片片落下
让地面上的一切都平等地
披上了银装
是苍天的祝福
是老人眼中的期盼
是孩子们的欢笑
人生的幸福莫过于此
点亮一盏灯

透过温暖的窗
听一曲大提琴
《嘉比尔双簧管》
饱含深情与窗外的雪
开始一场永恒的对话
……
哦！该睡了
让晶莹剔透的白雪
在我的美梦里
继续漫天飞扬吧……

看不见的永恒

风吹过的

那片云

那些年

那个人

目睹了永恒

千年私语

坐在阳光白云织出的地毯上
我要把苍山洱海千年的情话
对着你的耳朵悄悄地告诉你
蓝天也竖着耳朵在偷听

无题

在路上
城门开
水中树
镜中游
你向左
我向右

金桂和银桂

金桂说："你给我沉迷的陶醉"

银桂答："我赏你沁人的秋色"

都停留在树下偷着乐吧

初遇巩乃斯

让我丢弃繁华深深亲吻你的黄昏吧……

感冒的好处

感冒的好处对我而言：
就是可以把想看又没时间看的书
与水果、音乐、阳光纠缠厮守在一起
然后
伴着如你朴素温暖的白开水
一起喝进灵魂里

家乡的日出

我有多少年
再也没见过你的容颜
这个金秋的早晨
你依然是我当年出门时的
翩翩少年

你伫立在金黄的田野
注视连绵的山峦
晨曦的农舍
炊烟袅袅身手蹁跹
你掀开越来越轻盈的薄雾
把一切真实呈现在大地面前
向着山川和我庄严宣告
新的一天开始啦
我们一起向前

我正感叹土鸡蛋蛋黄的稀缺

猛然发现

年轻的脸上已泪流满面

游子出发的时候

听到的只有远方的呼唤

从那时起

你便一直恪守对我的诺言

家乡的日出

翩翩少年

而我

在你的晨曦中

从未走远

吃货的人生

让味蕾回到最初的记忆

回到家乡

如同

回到母亲的子宫

这里有我

富有的一切

小鸟

清晨

我看见

一只勤快的小鸟

努力逆风地飞翔

我不想追问它

从哪儿来要到哪儿去

我为它

独享了一片

纯净的天幕而自豪

蓝色的天

白色的云

金色的朝阳

小鸟和天空一样广阔

不恋过往

不惧未来

风雨前行

我陶醉在它的飞翔中

我们会心一笑

回家的路上

一点儿都不孤单

向上的阶梯

向上的阶梯

驱使着一颗奔腾的心

直冲山顶

世俗的眼

偏偏裹足不前

那已是

很多年

留下无数个足迹

男人的和女人的

老年的和少年的

走了多少个轮回

山风呼啸无人知晓

流云每天用亲吻

唤醒坚硬的岩石

一年又一年
却再也等不来
他的足迹
听不见他的脚步声
岁月的苔藓
不断蔓延
悄无声息
已覆盖住那张芳华的脸
紫精灵殷勤铺成的地毯
被野蛮地践踏
金秋的思念
吟唱出古老的哀怨
一个音阶又一个音阶

千姿湖

那天不经意

落在你的湖面

似吉光片羽

飞扬天地之间

清清的水波

有山峦的倒影

仿佛沉默的武士

守护你亿万斯年

五月的风

在这儿停歇

带来祥云片片

倒影着

绿的柳

银的波

红的楼

黄河的源水

在这儿回头

流进纯净圣洁

滋养着

飞的鸟

吟的诗

梦的海

我用合十的双手

对着人间的仙境

世外的桃源

无语哽咽

晶莹的泪花

祈求

山峦

白云

五月的风

为你停留

备战的芙蓉花

五点起床
只为打个酱油
十公里的晨跑
上天犒劳
发点福利
路经最爱的
一池荷花
驻足不前
是的
又到赏荷的季节
去年的菡萏还在相机里
今夏又去哪
与我的莲花、芙蕖
芬陀利花、水芝
水芸、水目
泽芝、水华

水旦草、芙蓉

水芙蓉、玉环

六月春、中国莲

六月花神、藕花

灵草、玉芝

水中芙蓉、水宫仙子

君子花，天仙花

红蕖、溪客

碧环鞭蓉、鞭蕖

金芙蓉、草芙蓉

静客、翠钱

红衣、宫莲

佛座须相会呢？

誓言

我从上海来
站在窗外看你擀面
你祖祖辈辈留守长安
唤醒如馕一般的太阳
迎接到此一游的
吃瓜群众
你娴熟地扭动面团
我看到的却是
你舞动的时光
恍然间
相隔的玻璃浮现
儿时的一幕
一位扎着羊角辫的小女孩
仰着脖子对妈妈发誓
等我长大了
一定要成为一名做饼干的

遇见

七月
用紧锁的眉头
凝望
大西洋最后一滴眼泪
群山被乌云压抑着
每当雨季飘过
痛诉才渐行渐远
野花和眼泪在夏天的慈爱中
握手言和
游人如织
却看不清真面目
湖心曾经是一片荒凉
传说
站在山顶
一只白鹤飞过
闭上双眼
喝一口甘泉
让风吹赶私欲
直到身心轻扬
鹤一般的一跃
荣光显现
医治那些抚摸不到的
人性的创伤
万民在群山中欢呼
神的力量！

我要走过

走过荒漠就是沙漠

走过沙漠就是湖泊

走过湖泊就是湿地

走过湿地就是雪山

走过雪山就是草原

走过草原就是森林

走过森林就是四季

走过四季就是飞鸟的窝

于是我又梦想

开着剃刀穿越罗布泊

回到尘世

下了一晚的雨
写了一夜的诗
子夜
雨都累了
你还在天上飞

无眠的心啊
领我出门
世界安静又通透

出水芙蓉
高挂在天边
光晕虽无语
默契已千年
一抹娇羞
今夜
只为我展现

渴望

我爱这个世界
也渴望世界爱上我

成长

一天一天过去了

一天一天又来了

好像没完没了

好像一成不变

日子是最无情的家伙

又像是永葆青春的妖妇

不带一丁点儿商量

幸福也好痛苦也罢

轰隆隆快速行驶

身后已是摧枯拉朽

不知是人脑的结构

还是一种侥幸思维

贪心的人们都习惯

向前面未知的日子去索取

贪婪索取未知的幸福

而实实在在的记忆

却被称为幼稚的虚无

视而不见

今夜

我恍然大悟

原来那些阳光灿烂的日子

那些月上柳梢的夜色

还有那棵会沙沙作响的小树

足以温暖我这一生

我对天起誓

再也不做贪心的人

名字

我是一只不知疲倦的飞鸟

从世界的尽头

衔来很多美好的名字

在未来

一个个送给你

抱紧我

抱紧我

在黑夜中抱紧我

让我成为前行路上的烛火

去呼唤璀璨的星空

去唤醒人性的光明

走进三月

一墙的蔷薇如潮水一般

一篮的玫瑰如新娘一般

一树的橘子花如繁星一般

一簇的野菊花如仙子一般

还有

这朵千瓣桃花如你一般

过新年

大年初一我穿着最美的泳装

去给印度洋的生灵们拜个年

路过寄居蟹的家

发现他们

为争一只壳在打架

我劝半天一点没效果

找来一只更漂亮的贝壳

终于休战了

我知道自己是匆匆过客

不应多管闲事

只因你——即将消失的海洋乐园

赤道的火焰温暖了冰冷的海水

多情的海风吹透了身体

吹红了天边

吹柔了坚硬的心

敞开心扉接受阳光的照射

虽是短暂的三天

我变成自由自在的小鱼

在你的怀里畅游

化作海天一色的云朵

你的蓝色变化多端富有层次

每一种都彬彬有礼和平共处

分水线像个严厉的审判官

不苟言笑的背后是慈爱的公平

小草屋兰心蕙质面朝东方

到晚上

海浪善解人意

邀请椰树充当指挥

跟我一起欢唱新年的歌曲

没有璀璨的烟花

于是叫来银河

星星点点照亮头顶的夜色

海滩边的细沙像春天的肌肤

变着魔术学着星星的样子

闪闪发亮

我光着脚丫翩翩起舞

穿着珍珠给我准备的

用红珊瑚做的新年衣裳

新年的钟声敲响了

我留在沙滩上的脚印

你悄悄收藏好

我问何时再能见到你

你说永远住在我的心里

我问想你如何不流泪

你说泪水和海水都是咸咸的

我似懂非懂地点点头

沉沉睡去

半夜醒来

发现有几粒细沙上了我的床

原来是大海派来的使者

细沙和脚脚

缠绵着

搓揉着

迎接崭新的一年

雪的童话

一场大雪
构建了一个童话世界
雪的亲吻是生命的恋歌
他和她在这里相遇
谁都不忍先迈脚步
生怕这一切属于梦境
谁都没有说出口
生怕蜡梅被时光用旧
肩并肩走着
时光和雪有一样的颜色

鼓浪屿的凤凰树

纵然在北方已是三九严寒

你在南国的岛屿

却自由自在地生长着新绿

一片片凤尾织成大伞

酝酿又一个花期

是爆发又是喷薄

你在等待

等待菽庄花园风雨飘摇的烛火

烛火里吟诵多少精神的寄托

你生怕站在日光岩顶上的旅人

发现你刻意低调的绿色

可是一排排翻卷的海浪

还有黄昏夕阳里流淌的琴声

用史诗般的音调

泄露着你的秘密

红墙瓦黛依偎着你

整个岛屿都是你

我只想等到繁花似锦

人声鼎沸时离开你

感恩随想

小雪的季节里来

感恩节里走

枯水期的下游流淌着

二十年前上游的欢笑

有父亲的

有母亲的

有哥哥的

还有我的

谁不想见那丰盈的河水一路东流

隔着香格里拉的玻璃

站在钢筋水泥的骨骼里

我深情地凝望这片河床的肌肤

悠远地呼吸

直到微微地喘气

叮咚……

叮咚……

有人敲门

时光飞逝

身后已是"一条大河波浪宽"

贪心

多点时间
多看你一眼
多带些光走

海心山

历尽艰辛

奔向你的怀抱

你用柔情的海风

吹散我的疲劳

你用悦耳的天籁之音

驱走我的浮躁

你与世隔绝

似仙山琼岛

唯美空灵

远离尘嚣

我是来寻找

遗失的自己

极致的美啊仿佛梦幻

像蜃楼海市

远离人寰

这儿

自由飞翔的鸟

才是主人

满天的白云

才是伙伴

思绪飞扬

天地广袤

青海湖的碧波

甘甜清冽

神圣凛然

山坡上的经幡

千年飘飞

万载回转

我在高原

我在山巅

我是湖里的

一艘小船

春江月夜

——献给步履匆匆的四月天

像波浪拍打江堤
像白云拂过月影
像甘露沐浴身心
是明月清风的澄静
恍若独自站在山顶
苦苦遥望广袤的森林
可惜无风又没有星星
一切难道是幻影？
是云在忽上忽下
还是月在穿云破影
在我干净的身体里
藏着一颗星

梦的协奏曲

五颜六色的鸟
不再叽叽喳喳地叫
依靠岸边的船儿
一艘一艘
随意又高雅地漂

不知是暮色的晚霞
遇见
清晨的朝阳
还是清晨的朝阳
遇见暮色的晚霞

将静谧的一切
染成童话里的金色
风轻轻地吹吧
别去唤醒她

不安分

一颗不安分的心
筑就这片风景，
四季如春，
绿草茵茵
眼前的这片波光
与南国的骄阳达成无声的默契，
无所顾忌地闪耀
一直闪着，闪着
直到璀璨
直到在光里融化
而这张扬狂妄的波光
只属于一潭幽深宁静的湖水；
八角亭里依稀听到
当年风吹来的消息……

凝视

你说你在凝视我

曾经现在和未来

我低头不语

小心躲闪

让我做回孩子

让那清风

变成小鱼儿

老树新芽

在褪去春寒的时候
我探出羞涩的嫩芽
张望你
你的影子
是风中晃动的枝头
每一天
我都竭尽所能
摇动身体
等第一缕春风飘过
摇摇摇啊摇

仿佛你给我带来了新绿
我悄悄地张望你
树梢伸向天空
此时
在更低的春泥里
我用黄金打造四季

诗
歌

是心跳支撑了肉身

却震惊了娇嫩的灵魂

幸好，还有你

还有你赐予的时光

我的眸子里堆积了太多期许

就这样

从清晨到黄昏

从春天到冬季

从一个远方到另一个远方

我的风景卷页翻飞

永不停息

我期许着

有一天

自由是一支长笛

我在它的声音里狂奔

爱的滋味

忘却严冬的模样

镌刻春天的绽放

我悄悄地把思念

安放在

每一朵花瓣上

每一片嫩芽里

让你从此懂得爱的滋味

秋风中奔跑

我在秋风中奔跑
迎着秋天到来的方向
林边的梧桐树叶已黄
严实的鸟巢已是空穴
去年的冬天
你曾在那里为我燃过一堆篝火
而今却不在我身旁

别做梦

禁锢我思想的人

期待在自己的身上长棵大槐树

简直是做梦

妄想

镶

牙

寻遍万亩玉米地
等待丰收季节找到那颗你遗失的牙
然后
选个山花浪漫的季节
隆重地帮你镶上

嗅世界

虽不能至，

有诗相迎

五月五的风

不相信的

始终没离开雾霾

我却想试试

盘起长发

换上舞蹈服

出门了

身后有人说

别费劲

不可能

我只想在五月五的风里发会呆

了不起

与风儿撒欢

就一会儿嘛

来

陪我一起在五月五的风里

发会儿呆

闭上眼深呼吸

与风起舞

一定会嗅出一个新世界

我

快乐的时候
我是夏尔西里雨后迎风吹拂的山花
悲伤的时候，我是巩乃斯的夜空
一闪一闪疼痛的星子

乡愁

青螺之渚金牛之浒
三山远合二水中分
家乡的母亲河
庐陵的赣江水
有一颗璀璨的明珠
"白鹭书院"
与往昔岁月
静静地等候远方的游子
朗朗的读书声
伴着绵绵的春雨
抚平一江的乡愁

不曾想到

思念可以当成画卷
绘制多彩的诗篇
每篇都像夜空的星星
照亮孤单的窗前

我梦见摘下星星
抽出香格里拉的思念
连成一串
晶莹剔透
完美无瑕的项链
等待千年的夜语
又交织在耳边
世间的女子啊
生生世世谁不想获得
这无价的珍宝
而它
此刻就挂在我的胸前

可我怎忍心占为己有
于是我留下思念
把星星一颗一颗
放回到天边

月满中秋

中天明月
已是子夜
你从未辜负我
我却想问
是否
我辜负过你
一句浅浅的
"中秋快乐"
祝福了二十年
真水无香
静水深流
年年此时有问候
春去秋来
静默回首
大爱流淌在
今晚的月光里

第二辑

古　　风　　篇

云 舍

取一方禅意闲云，
与闹市一墙之隔。
放空蓬勃之大念，
牵引悠然之小我。

伊人白

夜深沉，深沉夜，
青灯一盏思万千。
月中酒，酒中月，
酽饮敬天化为仙。
海滩上，上海滩，
茕茕孑立黄花残。
两情守，守两情，
世间真情难相守。
逍遥子，子逍遥，
灵犀挂牵两重天。
念奴娇，奴娇念，
何日与君笑人间。

历阳城里望祥炎

千亩芸薹放美景，
祥炎目传历阳情。
戊戌三月结朋党，
醉翁亭里古风劲。

西岳抒怀

人海入天梯，
盛装登华顶。
举头擒红日，
回首握白云。

端午即事

晨燃一炷香，艾草挂门房。
甘露润花蕊，对镜贴花黄。
清泉煮新茶，粽叶祭汨江。
灵均唤屈子，离骚情更长。

红旗渠

愚公奋起十春秋，引来漳河润田畴。
鱼儿水里渠中游，林荫小道遮坡沟。
牛羊成群满山头，农家年年都丰收。
任凭烈日当空照，林县百姓永无忧。

清明回乡

清明时节好烟光，
小路弯弯对夕阳。
老屋空寂故人盼，
松涛拂面撒松香。

破阵子

莫问今夕何年，穿云破雾宝山。热血英雄归何处？莺歌燕舞贺新年。丹心枕无眠。

无奈相思两地，子夜挑灯剑看。江上风起摘星斗，碧水迎春咏波澜。心系潮州湾。

郑氏十七房

古香古色古戏台，
人见人爱人开怀。
歌唱歌飞歌万里，
情缘情深情似海。

水调歌头

　　烟花三月时，欣游拈花湾。马山汉唐草屋，禅意云水间。柳丝柳絮燕影，桃花桃红人面，风里舞翩翩。缤纷五彩池，凌波戏妙莲。

　　遇故人，说旧事，唏嘘叹。此处樱花，十八年烂漫谁见。一曲高山流水，相看莞尔对笑，依稀又少年。莫谓天难老，再见是梦圆。

晨起黄山

金鸡破晓汗挥土，
偷得浮生半日闲。
峰云动吸如有情，
望断沧海似桑田。

第三辑

人文篇

小野丽莎

阳光亲吻过的嗓音

海滩软软地倾听

世界安静了

糅合着海风

一首接一首

吹散了硬壳和伪装

融化了一块块坚冰

身体和吉他抱得更紧

在午后的衡山路上

咖啡是最好的伴侣

三十年的经典传唱

早已成为小资情调的代名词

上海滩的梧桐树

扬起无数片激情的叶子

曲终人不散

师生情

几天没睡好觉

因为今天能见到您

我特别吩咐痘痘别再冒泡

还精心挑一件

您会喜欢的衣裳

二十一年的光阴

您的谆谆教导

一直在我的耳畔回响

想到您的坚韧不拔

我就会

傲视困难

挺起胸膛

想到您的真善美

心中就升起冬日暖阳

病榻也没有击倒您

您还是丝毫不减

当年的

斗志昂扬

这就是您

我亲爱的校长

看您欢笑的脸庞

我的灵魂回到了家乡

又看那杜鹃绽放

谢谢可口的饭菜

早日康复吧

让学生们带您一起飞扬

随喜的境界

把古筝当古琴
把毛笔当钢笔
把金融当艺术
把老人当孩子
把星星当路灯
把爱人当红薯
把身体当闺蜜
把善举当珍珠
把婚姻当修行
把月亮当情人
把世界当成你

告别

儿时的我

夏季的新村

明晃晃的绿树成荫

坐在自行车后座的我

快乐得如石子路上

四溅的水花

儿时的岁月像棉花糖

坐在吉普车后座的我

刚吃完南昌炒米粉和瓦罐汤

幸福的光泽还闪耀在嘴角上

直到今天

我要向这位骑车人

这位开车人

深深地鞠躬

遥远地挥手告别

慈祥如弥勒

音容笑貌犹在眼前

从此以后

每年小寒的夜里

丹青墨笔挥斥方遒

燃起幸福的回忆

我会打上不舍的邮戳

寄给您能收到的地方

三问西溪

你在哪里
我在你的记忆里
可曾记得
一位踏浪少年
手握池边的竹竿
搅动那年初春的桃红柳绿
一颗颗童真的心灵
为此奔跑跳跃洗礼

你在哪里
我在你的生命里
可曾想起
那年
一江春水载一船的莺歌燕舞
唤醒南北东西
笑颜满面春风得意

你在哪里

我在你的梦境里

可曾梦见

在茫茫人海自由自在

行云流水般穿行

直到看见那双清澈又渴慕的眼

嘴里喃喃

"向上吧少年

一寸光阴一寸金

向上吧少年

春光无限千万珍惜！"

老师，您真美

我有多爱您
幼小的我不知道
您有多美
那时的您也不知道
您教授的理性知识
我偏偏只有感性的记忆
一丝不苟的身影
如梦如幻的纱裙
坐在讲台上
批改作业的您
阳明路上探究的光芒
照耀在三年级教室的
课桌上白墙上黑板上
还有您的身上脸上白衬衣上
那是一层金色的光芒
挥之不去地照耀在我的梦乡
它
在我的心中
在我的求学路上
多少年越发明亮
任凭岁月之河无情地流淌
历久弥新
此生能再次相遇
又是上帝对我的恩赏

天使的对话

丹姨：我想去喂羊

丹姐：我想去看鹅

我喜欢拨豆子

我喜欢踢足球

今天我要吃四只大闸蟹

现在我把这个小飞虫吃掉

快来看呀

这里有好多的小黑鱼

快跟上

他们走到前面去了

这位奶奶78岁了

奶奶再见

你家住在哪

你的husband呢

给我拍个照吧

这个初冬

金色的麦田里

握着肉肉的小手

倾听着好动听的声音

成都行

谢谢一场

排球联赛

让我拥有

大妙火锅

杜甫草堂

金砂陶杯

偶遇师姐

琴台卡鲁

武侯锦里

宽窄巷子

法国诗人

竹叶青青

金丝楠木

如梦如幻

逐梦前行

今夜"凡江随它去，唯你向我来"

回老家前奏曲

快，快，快
五点半准时出发
箱子都没合上
你看你

哎呀，
停，停，停
水没关花没浇
还有煤气

你，你，你
每次出门都这样
我，我，我
马上就回来

哎呀
鞋忘换了
司机已口吐白沫
吞，吞，吞
出发了哈

迎着朝霞出发
出发啦

玫瑰的眼泪

茵琪

你怎么就走了

就这么走了呢?

一句告别的话都没有

没能看见你最后一面

直到现在

我依然不相信你就这么走了

老天爷

是不是在给我开玩笑呀

你才44岁

为了环保事业

无暇顾及自己的事情

一直还单身

你走得怎么这么突然呀

我的心已悲痛欲绝

我真的有些承受不了

我们还要去完成河道治理的课题

你是环保专家

悉心指导我这只菜鸟

我们还相约去买淡雅飘逸的汉服

我们有共同的爱好

都喜欢热情浪漫的玫瑰

是的，你就是绽放的玫瑰

你的心是多么纯洁美好

你的笑是多么怜爱率真

你的眼是多么清澈透明

你的一颦一笑

此刻就浮现在我的眼前

生命的脆弱

重重地击打我

请原谅对你关心得还不够

我又翻看你的朋友圈

你的理想生活

你的云卷云舒

你的萌萌哒的表情图

我已泣不成声

金秋时节北京的郊外

山花烂漫

我独自走向山去

为你寻觅采撷

四十四朵玫瑰……

巨鹿路一瞥

屈子

我与你

走在

茫茫的原野

我们从未相识

但早有默契

你深情地注视

我不再孤寂

远古的风

卷动广漠的森林

和我的长发

眼角的泪花

像熟透的果子

滴在你的手心

我们无语

继续前行

聆听天籁

没有尘嚣的声音

走进红旗渠

曾经不知道你

我今天才认识你

曾经从未来过

我今天才走近你

你早已不是满身伤痕的老太太

你是亭亭玉立清新俊秀的美少女

看啊！那玉带缠绕你的腰间

滋润多少人的心田

听啊！大山们在颂扬你的奇迹

响彻云霄震天动地

梦啊！用双手擎起十载春秋

造福百姓年年丰收

梦想如薪火代代相传

指引前方的路途

也让我更清晰地端详你

曾经不知道你

我今天才认识你

曾经从未来过

我今天才走近你

对小岛的告白

鳐在我路经的地方

展现最美的中国红

我却不解风情

以为是哪位粗心的男孩

遗落在海里的红T恤

一件两件三四件

对于这个世界

如婴孩般的无知

那些沙滩边的贝壳

小海螺和残碎的珊瑚

在阳光下洁白无瑕熠熠生辉

牵引我重返孩提时代

一路拾起它们

当成岁月的宝贝

椰风传送小岛的体香

我一直想对人描述理想国

可没人耐心听我说

躲在草丛里激情四射的那对情侣

不知有一只飞鸟正航拍

海水非常配合

浪花浪花一朵朵

释放不同深浅的蓝

润色即将离别的心

爱偷听的椅子

金色的湖畔有张椅子
默默地等在那里
风和雨在它的身上
留下斑斑痕迹

勤快的椅子望眼欲穿
终于等来一对情侣
没有山盟海誓
没有柔情蜜语

椅子以为听觉失灵
喜鹊欢快的叫声
一声比一声响亮
情侣啊情侣
请别为难爱偷听的椅子

两片杏叶儿

你采的
黄澄澄的杏叶儿
我藏在
大学时代的
诗歌里
我采的
澄黄黄的杏叶儿
你夹在了
床头柜的
玻璃板里
两片杏叶儿
来自同一棵树
他们都有风的呼吸

独自一个人

今天晚上

我把圆鼓鼓的葡萄

一颗一颗放进嘴里

聆听她们的演唱

今天晚上

我拿出书柜里的《圣经》擦干净

拭去生命里的灰尘

准备虔诚吟诵

今天晚上

窗台的茉莉花静静地开放

外婆很久很久没来到我身旁

今天晚上

台风说好要来可又擦身而去

今天晚上

我想大干一场

拼接过去一年的欢笑

做一件花衣裳

今天晚上

月儿如钩

我躲在天空里

寻找星星的光芒

同时自己也在发亮

外婆

故乡有一条清清的小河
夏季的浪花伴着童年的欢笑
从外婆的小屋旁流过
晨起的炊烟唤醒天边的云朵
灶台那娇小勤劳的身影
她是我的外婆

故乡的土地上有一片茉莉花
春天的小雨滋润儿时的梦想
从外婆的叮咛中飘过
暮色里的祷告祝福远方的游子
十字架下那虔诚的身影
她是我的外婆

多想再钻进外婆晒的被窝
多想再回首眺望温情的目光
多想再尝尝后花园外婆种的水果
多想再攀登外婆家的小山坡
我又听见新村池塘的青蛙在叫着
赞美诗在暖暖的阳光房里播放着
外婆的微笑就是茉莉花
从来不会让枝头空着

相依

你在
就是高山流水
琴瑟和鸣
默然喜悦
灵魂相依

你不在
就一川烟草
满城风絮
梅子黄时雨
无尽思恋

你在
我用身体写诗
你不在
身体为你写诗

我想和你

我想和你

在干渴的土地上种棵树

等小树一天一天长大

我们攀爬枝头

看太阳升起

我想和你

在缺水的地方挖口井

就我们俩

无需别人帮忙

双手磨破了

脸也晒黑了

直到甘甜的清泉流淌

直到我们的身上

留下幸福的泥迹

我想和你写诗

在下雪的木屋里

壁炉的火苗映照在我的脸庞

窗外的天幕深蓝深蓝

凸现一轮皎洁的月亮

你深情地看着我

仿佛我是一首崭新的

你从未唱过的歌

去往塔林的海面上

丹麦国王花园的二楼酒吧里

飘响着爱沙尼亚民歌

琥珀色的朗姆酒

香气诱惑着某种仪式

上城街东正教堂的钟声突然响起

如咒语

将波罗的海上空的乌云撕开裂缝

太阳的光芒像歌之达利剑穿过云缝

直射海底

海面波光闪烁

仿佛无数双警觉的眼

恪守着中世纪的秘密

我起航了

乘着一艘鲜艳的橙色游轮

一面蓝色的旗帜在塔林的城堡上

迎空招展

这是世界上第一面旗

一瞬间我曾恍惚

渴望在入侵者和被征服者之间

寻找能够被陶醉的诗意

彩虹横跨天空

宛若一道巨大的彩门

成群的海鸥翻飞着

或者停顿在空中

点缀在门上的花朵

女神们挥洒冰川细雨

雨滴里有骑士在战斗

刀光剑影，铁马金戈的声音被赞美诗所淹没

风姑娘穿了一双芭蕾舞鞋

踮着脚尖，踩着波浪

欢腾，甚至任性地一会儿吹向西方

又突然地吹向东方

我远远看见有一群一群的难民

包括那位在海滩边睡着的小男孩

正竭尽全力游向轮船

在彩虹门关闭之前

姣姣

姣姣

这是世界上最女性的名字

把女性的柔情和美好

用最简洁的两个字轻声地

并隆重地唤出

姣姣

当唤出的那一瞬间

也会让坚硬的心变得柔软善良

会让蒙蔽的心变得清澈透明

还有那一双双浑浊的眼让开一条大道承载

你所带来的光明和喜悦

姣姣噢我亲爱的姣姣

植物园的兰花拥有你名字的香味儿

天使小栈拥有你美丽的倩影和温婉的笑声

生命时空宇宙大地将永恒地镌刻这个名字

偶遇潭心谷

当枫叶映红了少女的脸颊

俏皮的山核桃裂开幸福的口子

挂果的柿子

成为一个个灯笼

银杏张开千千万万把

金黄的扇子

共同点燃冬日里那一团篝火

寻着先人的足迹

融化在五千年的良渚文明

时空中凝神相遇

幽静的潭心谷哼一曲石头的歌谣

云开雾散后紧握明天的双手

迎接远古那神秘的喜讯

原来所有的偶遇

都是蓄谋已久

失血的太阳

踏进这座城

我的心像这城墙般凝重

鸡鸣寺的樱花暗淡让贤

雨花台的海棠正艳

哦　还有几天又是清明节

最了解这座城的古树

无言地生长

没想到冒出的新绿

抢了游客的眼

车水马龙的街道

喧闹沸腾

只见快递哥

无视身边多少辆汽车

灵活快速地穿行

也成了一道亮丽的风景线

我是他们的姐妹

想叫住他们

用力拍着他们的肩膀

叮嘱说"一定要红灯停绿灯行"

不急这一点点"

站上中华门

春意盎然风景无限

我却想时光倒流再看透一些

从三国　东晋　南北朝

宋朝　明朝

直看到今天

剑指历史真实的画面

我的头顶

阳光并不耀眼

完全能看见它的圆

失血的圆

白色的圆

惊悚的心脏拼命逃离

那是伪装的柔情和绅士

掩盖不了残酷和暴虐

因为曾经有一把刺刀

在12月13日

穿过太阳的心脏

太阳的血染红了玄武湖的天边

忘却吧忘却

怎能忘却

我的心还滴着血

南京梧桐

这片肥硕年长的梧桐

差点被无畏者的权力挖去

都说是百鸟的巢穴

抵御风云变幻

时光凝固的安乐窝

六朝更迭

代代被滋养着

每次风暴来临

严寒威逼

都成为茁壮生长的动力

为了那些无家可归的倦鸟

太阳向枝丫按时报到

无数次从硝烟弥漫

死亡的边缘

张开伤痕累累的身体

拥抱一个又一个春天

完成一次又一次蜕变

以至于由植物变成了

有心跳的动物

由动物变成我们的亲人

由亲人变成

温暖、良心和正义的化身

直到今天

再高贵的人

都必须仰视

在这片梧桐树下

感觉自己的渺小

聆听历史长河奔腾的回声

生日快乐

十五年前的今天
北方刚抖落厚重的外衣
窗外片片新绿
姹紫嫣红
迎接勃勃生机

就是这个晚上
对新生命的无限憧憬
付出"生死劫"的代价
给五月二十日赋予了
已存在和不存在的意义
共性和个性如此特殊
是巧合还是天意

我一直坚信
爱是最高级的能量
你含着"爱"的金钥匙
健康美丽善良
一天天茁壮成长

当你背着书包上学去
我在台灯下翻看
为你写的九本《育儿日记》
如果没有坚持

如果有一丝懈怠

记录你成长的点点滴滴

将会像沙漏一样

从指尖遗忘丢失

此刻内心充盈着幸福满足

因你我又成长了一次

了解了生命的意义

不再感叹逝水流年

牵手感恩一路欢笑

让我们共同给飞鸟喂食彩虹吧

宝贝

妈妈永远爱你

生日快乐!

不屈

（梦之丹女儿）

你知道你的深渊在巅峰，也在低谷
你懂得你的生命要追寻，也将失去
寂静的喧嚣中，你沉默不语
只给心中天使，赋予仅有光明
我们所看到的伤疤，知道你曾经受伤
将世界的黑，藏在体内
　　　　　你可曾知道
这最后一刻悲悯换来的不屈
　　　　是多么的不可遏制

诗歌里的多巴胺

想躲是躲不掉了
该遇上还是得遇上
不敢写还是写了

一曲梦江南之后
笔墨间
有清晨的鸽哨悄然滑过
若即若离于头顶

桂花的暗号肆意飘浮
与分泌着的多巴胺交织
谁说只有长跑才分泌呢
会上瘾的

果真
还有无数空白等着我
用静心凝神
和柔情似水的时光

去填满
去书写

爱的记忆

秋的偏心

怀抱着你

歌一曲童谣

你还在那里

飞鸟划过了

波光的记忆

索性

全部还给大地

活成一座岛

这里

夕阳是朝霞的肚脐眼儿

带着清晨的温暖

这里

湖水偏喜欢强悍的对手

拼命地拍打

让麻木的眼神清醒些

这里

鸟鸣播放时间的小花

讨论如何与以太共舞

这里

草帽顶着幸福的心脏

梦想踏上

你想活成的这座岛

跋

我与诗歌的相遇似乎有些晚，以至于我曾放下手中的一切，去追寻，如此神往，如此痴迷。大部分的诗人都是在青年荷尔蒙旺盛时期爱上诗歌。而我是在三十五岁，也或许那时才是我的青年。由此我得意地说我比别人晚熟，我的青年才刚刚到来。

那是我第一次赴青海旅行。大西北那独特而迷人的气息扑面而来，是如此的亲切，似曾相识。我被这大美的风光深深震撼！第一次仰视那圣洁的雪峰，第一次亲近那无边无际的高原，第一次闯入土拨鼠的巢穴，第一次光脚丫踩在滚烫的沙漠上，第一次走进蒙古包敬天敬地敬人，第一次喝着黄河母亲源头乳汁般甘美清澈的雪水，第一次住在可可西里索南达杰保护站，第一次领略"天苍苍，野茫茫"的诗境……于是灵感一现写下："仁风仰天天浩瀚，伊人立地地苍茫。"这成了我此后人生追求的境界。

我天性好奇，喜欢大胆地尝试，因此冥冥之中被美好而神秘的力量驱使。在青海西宁的宾馆里，每个房间都放着第二届青海湖国际诗歌节的诗集，白天旅途劳顿，我们这些凡人对大美的青海也只能说："好美啊！真是太美了！"然后啥也没了。回到宾馆夜深人静，回想白天一幕幕震撼心灵的风景，翻看床头各个国家的诗人为青海湖的讴歌，就在那时，诗神悄悄地给我开启一扇与神灵对话的大门，而大门的钥匙就是一颗向往美好的诗心。我尝试着写下人生第一首诗歌《千姿湖》，后来成了我第一本诗集的名字。

很多人问我千姿湖在哪里，我想很多青海人都未必知道。她就在从西宁去往贵德县的公路旁，属于黄河源头的一个支流，是一片迂回的湿地。她隐蔽在群山之间，就像一个犹未出闺的姑娘，与她相遇，似乎得需要一点缘分。我相信走过这条路的很多行者，会在车上恍惚的睡梦中呼啸着与她擦肩而过。而我是幸运的，在最美好的时光里邂逅千姿湖，那天，当我们停下匆忙的脚步，立即被这位仙子的绝世容貌所震撼，金色的晚霞中，雄伟连绵的山峦守护着这片净土，一层又一层包围着，洁白的水鸟在湖面上自由穿翔，远处有一间红色的小木屋似乎提醒着我们什么，丰盈的水草向我们招手，榆树的叶子像忽闪忽闪的大眼睛，迎面吹来五月的风，丝丝缕缕，吹透了发着光的我们……那一刻，我多想让时光凝固啊！也就在那个黄昏，习惯了大都市生活、长期穿行在钢筋水泥丛林里的我，隐隐感觉到自己的心已经变得不安分了，仿佛被一种使命戳中，我切身体会到了那种神圣，那种意味深长，那种义不容辞。

是的，我的诗情任督二脉就这样被千姿湖的神光打通了，我自己甚至都没有任何心理准备。

现在想来，那种美依然令人颤抖，那种纯粹依然让人热泪盈眶，那种令人心驰神往的神光依然萦绕在自己眼前。可惜的是，几年后千姿湖被人为地填湖修路，还有一个在建的五星级宾馆，成了烂尾楼，我们再也见不到她了，只能在追忆里怀念她，在梦中与她重逢，在诗中寻觅她。正因为这样，我把青海当成了我的第二故乡。

我的父辈乃至祖辈，都是热爱诗歌的。我父亲经常诗情一来，写上个三五首，偶尔投个稿，在报纸上发表。像我父亲这样的才子，在我的老家一抓一大把。这不得不说到我的家乡庐陵，它有三千多年的历史底蕴，也是早已被大家遗忘的才子之乡，欧阳修、杨万里、文天祥都是庐陵人，"隔河两宰相""一门六进士""百步两尚书""五里三状元""十里九布政""九子十知州""父子探花状元""叔侄榜眼探花"的佳话，都源自庐陵，庐陵更有"文章节义之邦"的盛誉。生与斯长于斯，我自信，我的血液里流淌着诗歌的血液，我的生命中孕育着诗歌的基因！我的诗情注定要在某个时间发轫和爆发。

爱上诗歌的路上，似乎有一双无形的手在推动着我前行，一切是如此的奇妙，像安排好似的。青海省政府听说我为青海写了部诗集，邀请我参加第四届青海湖国际诗歌节。面对全世界的著名诗人，也就在我写《千姿湖》的地方，我朗诵了我的第一首诗歌《千姿湖》，虽然非常稚嫩，缺乏技巧，但诗歌的初心让在场的诗人们报以热烈的掌声，鼓励我这位"偶然诗人"。诗人中的小菜鸟，从此一发不可收。加上父亲的鼓励和夸奖，我更是孜孜以求，我想这是回报父母最好的方式。

六年后，第二本诗集《天边有个小池塘》终于要与"丹粉"们见面了。每首诗歌后印有二维码，如果有兴趣，可以扫一扫直接听我本人的朗诵，这也算是我这部诗集的一个创新之处吧。在此要特别感谢东子、小军一如既往的支持和帮助，感谢蜻蜓FM潘聪同学的大力支持，感谢一杰、谈骁的督促建议。还要感谢金融界的大佬越野者，其诗歌的鉴赏水平堪称专业级。我还要感谢在我深夜创作时，一直陪伴我的那轮明月，每次灵光显现，都带给我无限的创作快感。

在每一个人的生命之初，造物主就在我们心灵很深的地方，安放了一个柔软的角落，尽管我们的心灵被现实磨砺得粗糙、坚硬、冷酷，可是诗和音乐，仍能到达那里，抚平心灵的创伤，安静躁动的灵魂，带给我们无尽的创造灵感。这时候你会感到心灵在颤抖！刹那间，人性最美好的东西会喷涌而出，它们便是怜悯、仁慈、关爱……

人们常说"不仅有眼前的苟且，还有诗和远方"，在我看来，苟且也好，远方也罢，有爱便有诗，爱因诗更美，我会继续努力，以爱之心，以诗之名！

图书在版编目（CIP）数据

天边有个小池塘 / 梦之丹著 . —— 武汉 : 长江文艺
出版社，2020.1
　　ISBN 978-7-5702-1297-2

　　Ⅰ . ①天… Ⅱ . ①梦… Ⅲ . ①诗集－中国—当代
Ⅳ . ① I227

中国版本图书馆 CIP 数据核字 (2019) 第 247364 号

责任编辑：谈　骁　　　　责任校对：毛　娟
装帧设计：璞　间　　　　责任印制：邱　莉　　王光兴

出版：　长江出版传媒　　长江文艺出版社
地址：武汉市雄楚大街 268 号　　邮编：430070
发行：长江文艺出版社
电话：027—87679360
http://www.cjlap.com
印刷：中印南方印刷有限公司

开本：880 毫米 × 1230 毫米　1/32　　印张：4.5　插页：4 页
版次：2020 年 1 月第 1 版　　　2020 年 1 月第 1 次印刷

定价：49.00 元